飛去來寺

韓博詩選

韓博 著

朝向漢語的邊陲

楊小濱

　　中國當代詩的發展可以看作是朝向漢語每一處邊界的勇猛推進，而它的起源也可以追溯出頗為複雜的線索。1960年代中後期張鶴慈（北京，1943-）和陳建華（上海，1948-）等人的詩作已經在相當程度上改變了主流詩歌的修辭樣式。如果說張鶴慈還帶有浪漫主義的餘韻，陳建華的詩受到波德萊爾的啟發，可以說是當代詩中最早出現的現代主義作品，但這些作品的閱讀範圍當時只在極小的朋友圈子內，直到1990年代才廣為流傳。1970年代初的北京，出現了更具衝擊力的當代詩寫作：根子（1951-）以極端的現代主義姿態面對一個幻滅而絕望的世界，而多多（1951-）詩中對時代的觀察和體驗也遠遠超越了同時代詩人的視野，成為中國當代詩史上的靈魂人物。

　　對我來說，當代詩的概念，大致可以理解為對朦朧詩的銜接。朦朧詩的出現，從某種意義上可以看作官方以招安的形式收編民間詩人的一次努力。根子、多多和芒克（1951-）的寫作從來就沒有被認可為朦朧詩的經典，既然連出現在《詩刊》的可能都沒有，也就甚至未曾享受遭到批判的待遇，直到1980年代中後期才漸漸浮出地表。我們完全可以說，多多等人的文化詩學意義，是屬於後朦朧時代的。才華出眾的朦朧詩人顧城在1989年六四事件後寫出了偏離朦朧詩美學的《鬼進城》等

傑作，卻不久以殺妻自盡的方式寫下了慘痛的人生詩篇。除了揮霍詩才的芒克之外，嚴力（1954-）自始至終就顯示出與朦朧詩主潮相異的機智旨趣和宇宙視野；而同為朦朧詩人的楊煉（1955-），在1980年代中期即創作了《諾日朗》這樣的經典作品，以各種組詩、長詩重新跨入傳統文化，由於從朦朧詩中率先奮勇突圍，日漸成為朦朧詩群體中成就最為卓著的詩人。同樣成功突圍的是遊移在朦朧詩邊緣的王小妮（1955-），她從1980年代後期開始以尖銳直白的詩句來書寫個人對世界的奇妙感知，成為當代女性詩人中最突出的代表。如果說在1970年代末到1980年代初，朦朧詩仍然帶有強烈的烏托邦理念與相當程度的宏大抒情風格，從1980年代中後期開始，朦朧詩人們的寫作發生了巨大的轉化。

這個轉化當然也體現在後朦朧詩人身上。翟永明（1955-）被公認為後朦朧時代湧現的最優秀的女詩人，早期作品受到自白派影響，挖掘女性意識中的黑暗真實，爾後也融入了古典傳統等多方面的因素，形成了開闊、成熟的寫作風格。在1980年代中，翟永明與鍾鳴（1953-）、柏樺（1956-）、歐陽江河（1956-）、張棗（1962-2010）被稱為「四川五君」，個個都是後朦朧時代的寫作高手。柏樺早期的詩既帶有近乎神經質的青春敏感，又不乏古典的鮮明意象，極大地開闊了漢語詩的表現力。在拓展古典詩學趣味上，張棗最初是柏樺的同行者，爾後日漸走向更極端的探索，為漢語實踐了非凡的可能性。在「四川五君」中，鍾鳴深具哲人的氣度，用史詩和寓言有力地書寫了當代歷史與現實。歐陽江河的寫作從一開始就將感性與

理性出色地結合在一起，將現實歷史的關懷與悖論式的超驗視野結合在一起，抵達了恢宏與思辨的驚險高度。

後朦朧詩時代起源於1980年代中期，一群自我命名為「第三代」的詩人在四川崛起，標誌著中國當代詩進入了一個新階段。1980年代最有影響的詩歌流派，產自四川的佔了絕大多數。除了「四川五君」以外，四川還為1980年代中國詩壇貢獻了「非非」、「莽漢」、「整體主義」等詩歌群體（流派和詩刊）。如周倫佑（1952-）、楊黎（1962-）、何小竹（1963-）、吉木狼格（1963-）等在非非主義的「反文化」旗幟下各自發展了極具個性的詩風，將詩歌寫作推向更為廣闊的文化批判領域。其中楊黎日後又倡導觀念大於文字的「廢話詩」，成為當代中國先鋒詩壇的異數。而周倫佑從1980年代的解構式寫作到1990年代後的批判性紅色寫作，始終是先鋒詩歌的領頭羊，也幾乎是中國詩壇裡後現代主義的唯一倡導者。莽漢的萬夏（1962-）、胡冬（1962-）、李亞偉（1963-）、馬松（1963-）等無一不是天賦卓絕的詩歌天才，從寫作語言的意義上給當代中國詩壇提供了至為燦爛的景觀。其中萬夏與馬松醉心於詩意的生活，作品惜墨如金但以一當百；李亞偉則曾被譽為當代李白，文字瀟灑如行雲流水，在古往今來的遐想中妙筆生花，充滿了後現代的喜劇精神；胡冬1980年代末旅居國外後詩風更為逼仄險峻，為漢語詩的表達開拓出難以企及的遙遠疆域。以石光華（1958-）為首的整體主義還貢獻了才華橫溢的宋煒（1964-）及其胞兄宋渠（1963-），將古風與現代主義風尚奇妙地糅合在一起。

　　毫不誇張地說，川籍（包括重慶）詩人在1980年代以來的中國詩壇佔據了半壁江山。在流派之外，優秀而獨立的詩人也從來沒有停止過開拓性的寫作。1980年代中後期，廖亦武（1958-）那些囈語加咆哮的長詩是美國垮掉派在中國的政治化變種，意在書寫國族歷史的寓言。蕭開愚（1960-）從1980年代中期起就開始創立自己沉鬱而又突兀的特異風格，以罕見的奇詭與艱澀來切入社會現實，始終走在中國當代詩的最前列。顯然，蕭開愚入選為2007年《南都週刊》評選的「新詩90年十大詩人」中唯一健在的後朦朧詩人，並不是偶然的。孫文波（1956-）則是1980年代開始寫作而在1990年代成果斐然的詩人，也是1990年代中期開始普遍的敘事化潮流中最為突出的詩人之一，將社會關懷融入到一種高度個人化的觀察與書寫中。還有1990年代的唐丹鴻，代表了女性詩人內心奇異的機器、武器及疼痛的肉體；而啞石（1966-）是1990年代末以來崛起的四川詩人，以重新組合的傳統修辭給當代漢語詩帶來了跌宕起伏的特有聲音。

　　1980年代的上海，出現了集結在詩刊《海上》、《大陸》下發表作品的「海上詩群」，包括以孟浪（1961-）、默默（1964-）、劉漫流（1962-）、郁郁（1961-）、京不特（1965-）等為主要骨幹的較具反叛色彩的群體，和以陳東東（1961-）、王寅（1962-）、陸憶敏（1962-）等為代表的較具純詩風格的群體，從不同的方向為當代漢語詩提供了精萃的文本。幾乎同時創立的「撒嬌派」，主要成員有京不特、默默（撒嬌筆名為銹容）、孟浪（撒嬌筆名為軟髮）等，致力於透

過反諷和遊戲來消解主流話語的語言實驗。無論從政治還是美學的意義上來看，孟浪的詩始終衝鋒在詩歌先鋒的最前沿，他發明了一種荒誕主義的戰鬥語調，有力地揭示了歷史喜劇的激情與狂想，在政治美學的方向上具有典範性意義。而陳東東的詩在1980年代深受超現實主義影響，到了1990年代之後則更開闊地納入了對歷史與社會的寓言式觀察，將耽美的幻想與險峻的現實嵌合在一起，鋪陳出一種新的夢境詩學。1980年代的上海還貢獻了以宋琳（1959-）等人為代表的城市詩，而宋琳在1990年代出國後更深入了內心的奇妙圖景，也始終保持著超拔的精神向度。1990年代後上海崛起的詩人中最引人注目的是復旦大學畢業後定居上海的韓博（1971-，原籍黑龍江），他近年來的詩歌寫作奇妙地嫁接了古漢語的突兀與（後）現代漢語的自由，對漢語的表現力作了令人震驚的開拓。還有行事低調但詩藝精到的女詩人丁麗英（1966-），在枯澀與奇崛之間書寫了幻覺般的日常生活。

與上海鄰近的江南（特別是蘇杭）地區也出產了諸多才子型的詩人，如1980年代就開始活躍的蘇州詩人車前子（1963-）和1990年代之後形成獨特聲音的杭州詩人潘維（1964-）。車前子從早期的清麗風格轉化為最無畏和超前的語言實驗，而潘維則以現代主義的語言方式奇妙地改換了江南式婉約，其獨特的風格在以豪放為主要特質的中國當代詩壇幾乎是獨放異彩。而以明朗清新見長的蔡天新（1963-）雖身居杭州但足跡遍布五洲四海，詩意也帶有明顯的地中海風格。影響甚廣的于堅（1954-）、韓東（1961-）和呂德安（1960-）曾都屬於1980年

代以南京為中心的他們文學社，以各自的方式有力地推動了口語化與（反）抒情性的發展。

朦朧詩的最初源頭，中國最早的文學民刊《今天》雜誌，1970年代末在北京創刊，1980年代初被禁。「今天派」的主將們，幾乎都是土生土長的北京詩人。而1980年代中期以降，出自北京大學的詩人佔據了北京詩壇的主要地位。其中，1989年臥軌自盡的海子（1964-1989）可能是最為人所知的，海子的短詩尖銳、過敏，與其宏大抒情的長詩形成了鮮明對比。海子的北大同學和密友西川（1963-）則在1990年後日漸擺脫了早期的優美歌唱，躍入一種大規模反抒情的演說風格，帶來了某種大氣象。臧棣（1964-）從1990年代開始一直到新世紀不僅是北大詩歌的靈魂人物，也是中國當代詩極具創造力的頂尖詩人，推動了中國當代詩在第三代詩之後產生質的飛躍。臧棣的詩為漢語貢獻了至為精妙的陳述語式，以貌似知性的聲音扎進了感性的肺腑。出自北大的重要詩人還包括清平（1964-）、周瓚（1968-）、姜濤（1970-）、席亞兵（1971-）、胡續冬（1974-）、陳均（1974-）、王敖（1976-）等。其中姜濤的詩示範了表面的「學院派」風格能夠抵達的反諷的精微，而胡續冬的詩則富於更顯見的誇張、調笑或情色意味，二人都將1990年代以來的敘事因素推向了另一個高度。胡續冬來自重慶（自然染上了川籍的特色），時有將喜劇化的方言土語（以及時興的網路語言或亞文化語言）混入詩歌語彙。也是來自重慶的詩人蔣浩（1971-）在詩中召喚出語言的化境，將現實經驗與超現實圖景溶於一爐，標誌著當代詩所攀援的新的巔峰。同樣

現居北京，來自內蒙古的秦曉宇（1974-），也是本世紀以來湧現的優秀詩人，詩作具有一種鑽石般精妙與凝練的罕見品質。原籍天津的馬驊（1972-2004）和原籍四川的馬雁（1979-2010），兩位幾乎在同齡時英年早逝的天才，恰好曾是北大在線新青年論壇的同事和好友。馬驊的晚期詩作抵達了世俗生活的純淨悠遠，在可知與不可知之間獲得了逍遙；而馬雁始終捕捉著個體對於世界的敏銳感知，並把這種感知轉化為表面上疏淡的述說。

　　當今活躍的「60後」和「70後」詩人還包括現居北京的藍藍（1967-）、殷龍龍（1962-）、王艾（1971-）、樹才（1965-）、成嬰（1971-）、侯馬（1967-）、周瑟瑟（1968-）、安琪（1969-）、呂約（1972-）、朵漁（1973-）、尹麗川（1973-），河南的森子（1962-）、魔頭貝貝（1973-），黑龍江的桑克（1967-），山東的孫磊（1971-）宇向（1970-）夫婦和軒轅軾軻（1971-），安徽的余怒（1966-）和陳先發（1967-），江蘇的黃梵（1963-），海南的李少君（1967-），現居美國的明迪（1963-）等。森子的詩以極為寬闊的想像跨度來觀察和創造與眾不同的現實圖景，而桑克則將世界的每一個瞬間化為自我的冷峻冥想。同為抒情詩人，女詩人藍藍通過愛與疼痛之間的撕扯來體驗精神超越，王艾則一次又一次排練了戲劇的幻景，並奔波於表演與旁觀之間，而樹才的詩從法國詩歌傳統中找到一種抒情化的抽象意味。較為獨特的是軒轅軾軻，常常通過排比的氣勢與錯位的慣性展開一種喜劇化、狂歡化的解構式語言。而這個名單似乎還可以無限延長下去。

　　1989年的歷史事件曾給中國詩壇帶來相當程度的衝擊。在此後的一段時期內，一大批詩人（主要是四川詩人，也有上海等地的詩人）由於政治原因而入獄或遭到各種方式的囚禁，還有一大批詩人流亡或旅居國外。1990年代的詩歌不再以青春的反叛激情為表徵，抒情性中大量融入了敘述感，邁入了更加成熟的「中年寫作」。從1980年代湧現的蕭開愚、歐陽江河、陳東東、孫文波、西川等到1990年代崛起的臧棣、森子、桑克等可以視為這一時期的代表。1990年代以來，儘管也有某些「流派」問世，但「第三代詩」時期熱衷於拉幫結夥的激情已經消退。更多的詩人致力於個體的獨立寫作，儘管無法命名或標籤，卻成就斐然。1990年代末的「知識分子寫作」與「民間寫作」的論戰雖然聲勢浩大，卻因為糾纏於眾多虛假命題而未能激發出應有的文化衝擊力。2000年以來，儘管詩人們有不同的寫作趨向，但森嚴的陣營壁壘漸漸消失。即使是「知識分子寫作」的代表詩人，其實也在很大程度上以「民間寫作」所崇尚的日常口語作為詩意言說的起點。從今天來看，1960年代出生的「60後」詩人人數最為眾多，儼然佔據了當今中國詩壇的中堅地位，而1970年代出生的「70後」詩人，如上文提到的韓博、蔣浩等，在對於漢語可能性的拓展上，也為當代詩做出了不凡的探索和貢獻。近年來，越來越多的「80後詩人」在前人開闢的道路盡頭或途徑之外另闢蹊徑，也日漸成長為當代詩壇的重要力量。

　　中國當代詩人的寫作將漢語不斷推向極端和極致，以各異的嗓音發出了有關現實世界與經驗主體的精彩言說，讓我們

聽到了千姿萬態、錯落有致的精神獨唱。作為叢書，《中國當代詩典》力圖呈現最精萃的中國當代詩人及其作品。第一輯收入了15位最具代表性的中國當代詩人的作品，其中1950年代、1960年代和1970年代出生的詩人各佔五位。在選擇標準上，有各種具體的考慮：首先是盡量收入尚未在台灣出過詩集的詩人。當然，在這15位詩人中，也有極少數雖然出過詩集，但仍有一大批未出版的代表作可以期待產生相當影響的。在第一輯中忍痛割捨的一流詩人中，有些是因為在台灣出過詩集，已經在台灣有了一定影響力的詩人；也有些是因為寫作風格距離台灣的主流詩潮較遠，希望能在第一輯被普遍接受的基礎上日後再推出，將更加彰顯其力量。願《中國當代詩典》中傳來的特異聲音為台灣當代詩壇帶來新的快感或痛感。

【跋】要有光，就有了

　　　光頭圓腦作僧看／韓博　152

現代性器

當代：有時，她
住在臨時裡。現代
是格林尼治時間
擒住的鐵軌，著急，
茶湯咬盞。有時，
她強拆人造的現代，
她住在自焚念頭
的當代裡：黑煙甩
向俄國，進步的
等死之物無從拆起。

（2011/7/3上海）

紅軍街

哈爾濱：人流喧沸，煮肥白晝。
火車搬來的俄國已被俄國的學生
吃光，多餘的黑夜，通電，攜手
霓虹與史達林偽造學生的俄國。

吃不起白晝的詩人只好白吃等待，
等待是捲餅，薄薄的鄉村母親，
裹緊來路不明嗊葷怨素的父親，
霓虹與史達林偽造的煮肥的等待

吃空詩人的半生，多餘的捲餅
裹緊平庸：平庸不分行，白晝的
平庸增肥三十小時，時間的輪刑
等待脫軌的火車搬來別的等待。

（2011/6/18哈爾濱；2011/7/12上海）

野鴨與磕頭機

車窗：默念湍急。

平原的湍急，野鴨

下蛋的季節，磕頭機

與王進喜默念時不我與。

凍土保溫的如畫的熱的悶牆

湍急：火車捉軌，火車捉鬼。

車窗：將來湍急。

將來：匱乏時代的

車窗：憤怒解決方案。

季節馴育的野鴨

只為湍急的平靜下蛋。

石油的平靜從未歇腳。

車過大慶，鬼撞心的乘客

慶幸野鴨：無心的逃票者，

彼此亂投彼此，時不我與。

（2011/6/18哈爾濱至滿洲里；2011/7/15上海）

黑煙掛曬

道為天下裂，黑煙
掛曬：臥軌喚醒沉睡
的浩然無足採信。

大地從未沉睡，夢遊
只為蜂出的黑煙掛曬。

內燃機的憐憫夢見
丘原：旱草枯對
牛羊，糞便與泥尿
冷而油膩，大地
掛曬的汗跡躍動
而感染捷徑。

像騎馬人的牙齒一樣鬆朽，
像夜空掛曬眼神一樣失眠。

憐憫掛曬，巡視夏的表層。
車廂裡的進口意志夢見
草的主人下馬，定居

水泥潮悶的漢語；牛羊
的夏啃光骨瘦的鼠災。

黑煙為天下裂，隻身
打馬：打馬的鐵軌的
使者假託高速而不動。

（2011/6/19滿洲里；2011/7/18上海）

大地離合

汽笛吹乾前朝，吹乾
日鑿一竅的混沌，耳目
口鼻的鮮濕各有變速，
地址經緯制各有激奮：

綏芬河，綏陽，綏西，太嶺，紅房子，馬橋河，下
城子，穆棱，牡丹江，一面坡，玉泉，阿城，哈爾
濱，萬樂，肇東，安達，讓湖路，喇嘛甸，泰康，
昂昂溪，富拉爾基，龍江，碾子山，成吉思汗，扎
蘭屯，巴林，博克圖，免渡河，牙克石，大雁，海
拉爾，大良，烏固諾爾，烏蘭丘，東宮，完工，都
倫，陵丘，赫爾洪得，皇德，豪門，嵯崗，湖北，
扎賚諾爾，扎賚諾爾西，東壕，臚濱，滿洲里。

（2011/6/18哈爾濱至滿洲里；2011/7/18上海）

持續的，斷續的

餐車裡，隨你揣度的人
感激腳踩風火輪的集體：
集體晃蕩，集體不承平，
不著制服的菩薩不腥熟。

站著吃麵條的人，感激
制服制不服的一切：你
看，草原快進的黎明白，
土豆豬肉左右集體堆壁。

制服：持續地女與好。
麻袋：斷續地男的難。

（2011/7/22上海）

時間的臥鋪

平躺著：快到了，快到了。

夢直立，像約會，像合同：
松針，婚戒，松昏的嘴角
懸而未決一線垂涎：半生
穿過諾言又回垂成的半生。

下車，上車，俄國穿過
內蒙古黑龍江又回俄國。
下車，每一座丟失時間
的小站杜撰土地的半生。

汽笛松昏，從未去過俄國
的時間離家又回家，卑微
平躺著：快到了，快到了。

（2011/6/20滿洲里；2011/7/18上海）

新縣城

天氣預報說服天氣，
現實服從主義：麋鹿
服從迷路。雷陣雨
的塑膠袋摔向身後的
中轉站，新縣城像
半盒剩飯，噓地一聲
加醋添油。主義的
速度腫脹：卸下大同，
運走舊社會與不同。

郊野間，天氣失眠：
鐵軌抽送的影印機
未留空處，淺睡的
偶爾已被塑膠袋裡
游泳的人推揉擠佔。

隱士進城，自比廢紙簍：
暗箱盛凶吉，運命各殊懸。
廢紙失眠，複印大同的
失眠無法複印無為或同治。

塑膠袋裡上岸的佛陀，

脫下自比泳裝的

內褲：鬆緊帶深耕

贅肉的勒痕：舊村鎮

唯一存儲過往之地。

（2011/6/20滿洲里；2011/8/5上海）

大殺器

蒸汽自西天來，
蒸汽手挽雲的剪紙
覺民行道：暈車，農婦
攥緊錢袋與零存整取的半生的汗的畏途。

道不遠人，農婦與馬蒂斯
都愛剪紙，饑亂交剪豐靜而貼天上人間。

（2011/8/8上海）

飛去來寺

2003-2012

德國篇　牆下

只
好

一棵樹，只好擠進

另一棵──即便在

飛機裡？我們穿上衣服，

正要去波蘭。而它在窗外

唱歌，剩下的雲鋪蓋整個

西伯利亞。

（2003/8/22上海－德國法蘭克福；2011/4/27上海）

車窗外

他：有時買過去；有時買未來。

她：前不著過去，後不著未來。

小站：黑人向前，狗向後，躍入
車廂的金框，人世經停夕光片刻。

她念：一二三，瞳孔開閘，文明
緊隨窗外，寸步未離進口的時間。

（2003/8/23德國達姆施塔特；2011/4/27上海）

哥德

睡覺，然後散步，接近散漫難醒的森林
佔用的哲學之路，接近相與看齊的氣喘
吁吁，接近俯瞰綠河、灰橋、紅瓦片的
對稱的無窮：過於相與看齊的針或闊葉、
疏或深草、螞蟻或蠕蟲的節肢，半支煙
或半生劈不開雙腿的詩……哥德，卻是
跑跳半途的運動員？一路搜檢宜於野戰
的人與坡，一路複製週末的裂痕——她
一路登山，一路暗暗搖晃水瓶裡的哥德。

（2003/8/24德國海德堡；2011/4/28上海）

樂野

爵士樂已收割，田野空蕩，
野馬塵埃晝夜奔競，野種
刀槍入庫，草根周折草根。

工廠奔競倒閉，青春空曠，
零件托風氣以噪音，音噪
通晝夜，消搖一氣電子樂。

速寫：她，生滅農的肉身，
遊動工的禮樂，皮膚曬作
小麥，陰部旋定螺栓有序。

（2003/8/25 德國法蘭克福－柏林；2011/4/29 上海）

牆下

與願相處：相美之人不相傷，
高砌築，窄掘洞，慈恩春色
各一方，為奴半生，歡好
裹回不逾矩，兒女忽成行。

（2003/8/27 德國柏林；2011/5/4 上海）

營地

下雨時，我被淋暖。

救世主身著軍服
撒尿：紀律落處，
從未有過的悲痛
服從從未有悲痛。

（2003/8/28德國柏林；2011/5/4上海）

**快
線**

有黃有綠，迷人的落後
腰如麥堆，鳥兒像風車，
應答不是玻璃的玻璃：
陰天，又愁又美的座椅
深及墳墓，唱歌，打洞，
單調調教博伊斯好看。

不脫褲子，森林也好看。
軌道乞討單調，沿途
落後反社會多褶的臂枝。

（2003/8/28 德國柏林—法蘭克福；2011/5/4 上海）

帝國

帝國：夏的輪廓。

過期的帝國：輪廓的輪廓。

男人成群，只愛彼此光頭日不落

的輪廓，倫敦式敦倫的輪廓，

粉色小巷摟緊遊客，吸管的輪廓

過往鋼管的輪廓，過往從未

過期：劈躍或抽吸的人種

標本摟緊島嶼採集大陸

的過往。過往的過剩。

腳踩三輪者口吐蜜霧，

公園鹹膩欲醉：灌木

過剩的園藝窄小緊身。

（2003/7/20 英國倫敦；2011/5/6 上海）

野史

時間自傳，振筆直遂
半上流的變遷。整個下午，
變遷被不變夢見，你我
被上午夢見，行走
直遂的現在或缺陷
了無實體：雲無彩，
時間直遂明晃晃的
大街，斑馬線夢見
過街的樂隊，無用
而自由，為變遷而
諛媚不變。煬帝
醒來，現在仍在，
現在長在別處隋：
暮春流潮，江花
波水。何事驚慌？

（2003/7/21 英國倫敦；2011/5/9 上海）

嗑
夢

藥片（薔薇的正裝）喝令
正裝（謊言的薔薇）褪去：
領帶與勞作，襯衫與婚配，
獨撩撥春夏與採蜜的銳氣。

獨步鋼絲的演員，橫握
獨自洩氣的陰莖，左右
平衡桿的淵藪藥力褪去：
領帶與襯衫，勞作與婚配，
求索電視頻道的獨處
撞破婚與床的交易。

（2003/7/22 英國倫敦；2011/6/16 上海）

發
明

格林尼治：空間
只在望遠的鏡中，
腳下的小丘挪用
時間，招引迷信
翻譯的格林威治。

望遠的鏡望盡平庸，
攜手登丘望遠的平庸
挪用子孫刻度空的平庸。

（2003/7/22 英國倫敦；2011/7/1 上海）

施洗

潑水澆灰，
埋葬馬克思的簡淨勢利
定於一尊：
　　　　膠水
粘合社會也粘合
髮型：貧窮粘合富裕的試圖多膽且多汁。

一個人老了，不再購買
打折的階級，每日排隊
刮臉，刮淨勢利不簡淨
的誠懇與抖擻。
　　　　　圓窗外，
樹在灰裡，
樹的埋葬殘留灰的
贖罪券：失無所失。

（2003/7/22 英國倫敦；2011/8/12 上海）

地下室

蚯蚓濫用年華，代表觀眾，
翻鬆年老色衰的女伶，她
是花圃也是圍牆，她是綠
也是黃褐與磚紅，她脫下
爐火的外套，但剩下什麼？
一些皮或泥，選擇不選擇；
一些失去彈性的現實主義，
承認主義的現實，不是塔，
而是一些球，現在更光滑。

她將振盪器擺滿整床：黃褐與磚紅
看不破的綠。激進的蚯蚓代表回憶，
翻鬆觀眾為焊接塔而結團的不平等。

（2003/7/23 英國倫敦；2012/1/27 上海）

一群個人

偽裝成個人的兩個人，或一人一狗，

或是一群人，古希臘羅馬的公民

正是古埃及的奴隸：你在今天

埋怨出生地，埋怨民族的我

從未隨遇而是自願的我們。

（2003/7/24 英國倫敦；2012/1/27 上海）

**白
紙**

從歷史博物館，到現代藝術館，
過河，半小時，藝術揉成廢紙。

沙發上的噩夢，像件作品：爸媽
老了，但你在地球背面，妹妹
需要你，但你在地球背面，過河。

爸媽餵大的身體被你
揉成一團，不是掛在
牆上，而是扔進紙簍。

彼岸揉搓此岸，陰莖下雨，
作廢的陰道挪用你畫下的
水龍頭。

（2003/7/25 英國倫敦；2012/1/27 上海）

陶瓷區

表面（燃耗現狀的玫瑰

釉守窗下，俯見人跑

鬼跳的草坡，一小塊回憶

濕透了腳，留待稍遠處

的未完將她待續至易碎：樹籬

豁口，麥田多嘴現狀運不走

運所有大海的運河）及其

反光（灰泥土坑，原地

旋轉的夏日為玫瑰輸液

卻輸光輸所無的黑髮，她

是豁齒的鶴嘴鋤，掏空婚姻

內臟，摸不見冬夜的印鈔機）。

（2003/7/25英國北斯塔福德郡巴拉斯頓；2012/1/30上海）

節
日

比自己更快的人
慢了下來，專心
比自己更高：基督教
專心變奏，凱爾特專心
暗黑的棉花糖：肥腿
冰涼，比巫術更專心
降神的廣場，母雞
盛裝，像又醉又醒的
石頭：成群，抗議
外來的晚年或南方。

（2003/7/27英國愛丁堡；2012/1/31上海）

海的侍者

他被大海拒之門外。

光禿禿的北海，揀選硌腳的路石
砌一座電影院，反鎖海燕與翻飛，
淤泥灘與十七歲的狗詛咒的海鷗。

愛丁堡城外的迷宮，整個下午：
快進鍵嘗試淹死主人公。中年
是冒名頂替者的單身牢房，他
攥緊欄杆：烏雲走漏的暴風光。

（2003/7/28 英國愛丁堡；2012/2/1 上海）

亞洲篇　移忘

至人在廟街

沿街苦惱的神
兜售快步忘記
的樂，社交舞
溜出拖鞋，險
被感染，性的
孤寂以呎論價，
估計不足的性
繞過踩的趾柔。

（2004/4/6香港；2012/2/2上海）

撕霧渡海

逝將去女的
鳴禽拂其羽，
中空而收留
一小截地獄
托舉羽管。

獅子山下，
白日裡卸妝
的樂土適彼
革命裝修的
生意，粗或
更粗的毛孔。

你生於革命。
你生於倒計時
的方式談論自己，
你生於正確的姿勢，
你生於為游向地獄而
修正的彼蒼，中空與霧

此唱彼和，你生於中正的

暈海，非此即彼的通行證的

暈海，有效期是霧，捂你的嘴，

你為知彼不知己截下一小截自己。

（2004/4/7 香港；2012/2/7 上海）

一會兒

冷一會兒，厭一會兒，
兩個晚上，金箍棒
念著：多豎一會兒。

九龍皇帝：自稱
大白若辱的黑，
將令一聲震灶台。

多一會兒，重一會兒，
天雨玻璃，鬼夜哭
緊箍咒念著金箍棒。

（2004/4/8 香港；2012/2/8 上海）

甲
蟲

不相干的乾淨借閱
中學時代：一心變成甲蟲
的表哥，教會樓鳳抱膝跳。

油尖旺至山頂，不相干
的黴斑歸還卡夫卡：恰同學
暮年，不乾淨的一切空枝無葉。

不再掘地的甲蟲掘穿倔強：塔的
自己不再推送天際至不能自己。

（2004/4/10 香港；2012/2/14 上海）

移忘

日與夜的一致，此地向彼地的
烏有之上，烏合的航班提議
烏雲破窗，向火與水的一致
提破燈籠，也無政府也無晴。

日與夜的不一致，移去颱風，
移來烏黑、分別心、烏白馬角。
烏托邦生萬物，也回收海灘
的萬一：爛泥、膝蓋與樹根。

（2004/7/3 菲律賓佬沃；2012/2/16 上海）

野餐

太陽島的樹尖（東正教堂
隱形埋名，免於被拔除的
恐懼），擦淨長靴亂蹬的天幕：一點藍，一點灰，
一點迷路走向黑與彎。

普世的假象走向她：風抱緊
的野餐抱緊車燈擦淨的野合。
為了文藝，她拔除水泥長靴，
直視而不見樹根抱緊的俄國。

俄國不在俄國。俄國
四日酗酒，兩日貪歡，
一日描繪政治或節制。

（2004/7/25 哈爾濱；2012/2/21 上海）

晨歌

鐮刀斧頭印在玻璃窗的反面：貧窮一面。

天（電視）地（毛毯）人（角色）三才各一而合一；

真（電視）善（毛毯）美（角色）三度自為而自由。

毛毯印得你發癢，毛毯以鐮刀斧頭之外的方式印花。

（2004/7/26哈爾濱；2012/2/23上海）

丹麥篇　虹霓胯下

過河

是所非是國遊客仲夏所見：是的課本反感的
帝制退而結網，沉色彩之非而浮七巧的河橋。

女孩塗畫自己央求摩托老漢顛她
去買塗畫自己的粉筆：橋墩下的
哥本哈根，為挽救雲而溺信退步。

遊客枕中顛倒的差和更差的時間
行先知後：兩塊石頭，摸著彼此
作風過硬的軟，過非彼非此的河。

（2004/8/17丹麥哥本哈根；2012/2/28上海）

虹霓胯下

風雨也，四時也，富人也，
像灰雁，像野鴨，像喜鵲，
積氣成天的補丁落回睡船。

護城河邊，半途多皺的她
向我指點：噓，孤零零的
怪禽，長嘴長腿，不是你。

（2004/8/18丹麥哥本哈根；2012/2/29上海）

安徒生

委曲求全往返的
冷和海水是全部。

舊神在此。
舊神在此出神。

島與島的分歧
往返的煙囪與刺繡
是冷和海水的婚配：
一條凍肉，另一條。

雲和茅草在此入神。
肥沃往返的諸種無知
是站著撒尿的土豆公主。

舊人澆滅爐火，轉動
舊人的胯骨軸子恨未
相逢新神未負舊神時。

（2004/8/19丹麥歐登塞；2012/3/2上海）

皮卡迪利廣場

她飄蕩，她避讓，她繼續「今世之子
俯向允諾」的人工呼吸：充氣的「大街
即壕溝，即陷阱，即生死」，洩氣的她
偏向「剎車未遂的擋風玻璃」額前錯身。

她撩開的裙子，五條各奔「不是東西」的
大街；她充任自己的氣球，充任「很遠」
為「乾淨」而洗白的「很近」；她甩不掉
靜電：「今世兌現什麼，往生都不願意。」

（2004/8/24 英國倫敦；2012/3/12 上海）

高
地

瀾滄江瀟瀟，吉普車膠膠。
大路分別：當你墜入雲南，
明鏡何以變更鏡像的冒死？

寂靜在野：蘇格蘭，麥田
散盡毛髮，泥炭腳踵不再
質問堊中鏡的應時至枯萎。

一團沒用的激情，墜入
放棄。盛產魚類的無聊
的河流由此及彼。彼此監禁戒定慧的放棄
墜入餐館，提醒我，別在開門時放走暖氣。

（2004/8/26蘇格蘭亞伯勞爾；2012/3/22上海）

怪獸

尼斯湖歸來，浴缸注滿
怪獸緊抱的尼斯湖：黑。

一截橡皮管，
一截而已和深秋。

天色蛻下的屍身，注滿
釣魚獵鹿者的鄉村旅店。

一截義大利女人
揮之不去：顫音，醃肉。

怪獸飲暖人的噴水。
浪子班頭注滿柱像。

（2004/8/27 蘇格蘭亞伯勞爾；2012/3/23 上海）

亞伯丁

馳而不實之乳
的主人當街
吹慌小號；北海關閉，石岸扯亂
來者弗畏的細路，購物中心停雲。

新教堂：《少女之心》坐在欄杆上，
慓慓其股的主人或蕊或翹，歲事
疏忽溜冰鞋，空教新款正午滑過。

（2004/8/28蘇格蘭亞伯丁；2012/3/30上海）

失蹤者

一朵雲的陰影，
一群人的交煎。

雲海破散，往者其消：
伊拉克、土耳其、匈牙利
投向舷窗的陰影交煎
渡客：結局，無非
蔚彼茂草結算意外，
始於載飛載揚，終於
曈曨泯默白日的艙肉。

（2005/6/20 卡塔爾多哈－法國巴黎；2012/3/31 上海）

悲慘世界

任何街區：發福的資本主義蔑視反動，也蔑視激進，
發福的鐵塔、拱門、轉盤、柱像、方尖碑主張和平
但任性地蔑視來客：濕漉漉的黑色枝條，任何花瓣。

地鐵站外，拉雪茲公墓
是一座按時下班的小型
公寓，亡魂的反動按時
並肩激進，平躺著蔑視
來客的黑黃與瘦癟；蓬皮杜廣場
是夏至音樂節失竊案，是語言不通的賊與發福的性
相視大笑的警察，是暖意為電而縈紆而豎直的人間，
是夜半，有人繞過酒水沉入淚水，沉入廚臥合併的
馬桶公共的膝蓋，有人繞過淚水沉入汗水，盧浮宮
沉入暴雨鎖不緊的玻璃暖棚，新橋沉入藝術家舊橋，
達芬奇與戈雅沉入過山車和彈跳車，我沉入你臆想
的尿液，為人間而縈紆而豎直的遊樂場淋向栗樹的
失禁與膽怯，你沉入我飼養臆想的豬巷，地下的風
掀地上的裙子，為我吹來滿腦子屁股而別於聖母院
的排隊派對：各種階梯，各種沉入裙子的審慎向上。

欠發福時代來客入古致以益時事，去他的偶然途經
必然，去他的悲慘世界娶他的商品兼售貨員，主義
目睹運河、綠橋、手風琴、吉他、人聲而不知所云。

（2005/6/25法國巴黎；2012/4/11上海）

雨燕

無數雨燕，無數悶熱，
無數各自飛，身外一何闊。

阿爾卑斯山：一堆光禿的石頭。
地中海：口含霧與煙船：浴室。

山腰，淺黃的迷宮
口含夏加爾的墓地。
他去別的童年醒來，
別的悶熱：無數新，
無數不合身的身外。

一時雨燕，一時燕雨，
城牆上的少年，撫摸彼此
的此時又彼時，地中海
滲至髮梢，無數滴與濺
的饑渴飲下若無其事。

調情者自帶空調，一時
滾鐵球，一時滾不動。

（2005/6/26法國聖保羅・德・旺斯；2012/4/28上海）

塞尚

噴泉往復，市場往復。
半個詩人，騎聖像回家。

你騎夜中來，燈光裡，
醫院：安上輪子推走。

（2005/6/29法國普羅旺斯的埃克斯）

摩納哥篇　勾股

勾
股

一筆勾銷日長的日光浴
一筆勾出日常的蒙特卡洛：勾搭黑
的股勾求日場雜用的重慎而非油浮。

一筆勾銷的日長神倦：勾求盧梭
不如勾搭直升機升降的高潮下徹。

一筆勾出人民與人，攤薄的乳：
共和國的平等下徹公國的平躺。

一筆灰燼：日晷混同輪盤，勾搭黑
的股勾求日常雜用的幸運勝於重慎。

（2005/6/27摩納哥蒙特卡洛；2012/6/27上海）

獨　獨是經濟，孤是銀行。

孤　獨是四害與雷鋒，
　　孤是雷鋒與雷峰塔，
　　獨孤是錢鍾書錯譯哥德：
　　微風收木末，群動息山頭。

　　獨孤者清晨出差飛越山頭，
　　山頭是冰淇淋的鬼的重來，
　　獨孤的銀行存不下勃朗峰。

　　　　　　（2005/6/30德國杜塞爾多夫—義大利米蘭；
　　　　　　　　　　　　　　　　2012/3/27上海）

珠寶店

收藏水災的車庫，

為了貝肉的交通，

為了貝貨的交通。

下水道又是大理石的止癢：

明知（天上雨）不可為而為之，

暗通（百葉窗）不可為而不為。

（2005/7/1義大利芬諾港；2012/6/30上海）

火車進站

命運老嫗臉色灰白，
專心於墨索里尼，
專心於蝸牛採集。

夜半的灰與冷漠堆積，
二等車廂，機智
有意識地放棄
背負阿爾卑斯山
的蝸牛：靜如旅伴。

靜如玻璃的粘液，
靜如海的碎與敷衍：
命途捉緊鄰座接吻，
臉色放任爛牙傳染。

夜半的恢弘與冷
的真誠的表面文章：
求索，炸毀的靜如
重建的，無政府
的直靜如政府的線。

（2005/7/3義大利米蘭；2012/7/1上海）

大衛內褲

神造萬物，各從其類。

衛生的：橄欖、但丁、美貌、《十日談》，
不衛生的：泳池、壁畫、皮革、腳手架。

夜遊者揪住整座教堂（不夠開放的纖道
拴牢的不願開放的穹頂，紅的綠的白的
大理石的繩子拴不牢的連排木凳），節操
碎一地：粘扯鞋底的愛，粘扯異類的無能。

（2005/7/5義大利佛羅倫斯；2012/7/4上海）

特雷維泉

羅馬昏瞶多泉。
多泉則多辱，多見
水滴反彈又反問：
朱庇特還是基督，
推動第一法西斯？

費里尼廣場閑坐的
歧路贈我卡利古拉：
釘子、別針和毛髮，
溜達的戀人和販賣
戀愛的溜達的尼祿。

蒸發多於虔誠；
三種歧路分開背對
水池拋擲硬幣的
第一願望；戀愛
兌現多餘的溜達。

（2005/7/6義大利羅馬；2012/7/6上海）

瑞士 ┃ 篇　鐘錶廠

鐘錶廠

包裝時間的工廠，生產
紙和一些指針，紙包住
也許，也許節省的時間
催促指針假裝愛的交疊：
向前，原地向前，打轉。

你那邊節省幾點？節省
樹木的流水線假裝抄取
時間的近道：高速公路
推送指針：奇樹與偶樹：
雨滴的根與電話線的嫩。

包裝時間的煙樹，指正
腳斜撐不住的傘斜、心斜
撐不住的瓦斜，奇樹與偶樹
斜著流水線的光身，原地生產
指針和一些前進：腿與腿的空轉。

（2005/7/25瑞士沙夫豪森；2012/7/9上海）

萊茵河

童話子宮內壁擱淺的男人
（多愁山民的粗疏後代）
繃直動力傘的細線，繃直
被驅逐的野鴨出讓的航道。

低雲，一個又一個世紀
善巧方便的密行，基督
出讓的航道又被成就者
出讓與飛機剩下的白線。

一次又一次黃昏的重複
鑲鍍金邊，為童話增肥，
為糧倉轉世的桁架飯店
鑲鍍窗景與入魔：動力傘
逆水推舟（成捆的女神，
成捆的光線或灰狗白鵝）。

增肥航道的細線

豈是瀑布？一聲聲

繃直分娩的豈是吹散？

（2005/7/26瑞士沙夫豪森；2012/7/12上海）

蘇黎世湖

一切煙消雲散的都堅固了。

安樂死者灰散的自了被魚

的按摩椅懸空，腹股溝的

撞擊未再愚迷浪花：金岸

與銀岸，自利退而求利他。

（2005/7/26瑞士蘇黎世；2012/7/16上海）

捷克篇　波希米亞溫泉

哺乳動物

磚石向上，但掘出坑穴。
瓦茨拉夫廣場：倒置的城堡
或視而不見的卡夫卡的週末。

制度的鄰居又圓又大，
照亮鼴鼠也熄滅坦克，
穿堂風磨損天鵝絨的
無風，鐘錶卸下假肢，
每人領取一小塊月亮。

哥特尖頂夠不著的，
電視針塔——戳破：
身體的鄰居又圓又皺，
學詩（插滿牆頭的
玻璃瓶底）無以言，
不學無禮（彼此清潔、
整肅和洗滌）無以立，
廣場下滑又是羊的

草坡，時常被掀翻的

哨食從未被掀翻的。

（2005/9/18捷克布拉格；2012/7/23上海）

論新藝術之腐舊

被記憶抹淨的他人，從未
被記憶抹淨的預製板樓。

停靠公共汽車的記憶，
停靠兩點一線的雪地。

幸好，閉上眼睛，公共的
肋腔又是他人的莖葉花。

啤酒花與啤酒，被記憶
抹淨的何止花未投林。

停靠兩點一線的泯默，
停靠預製板樓的蜷曲。

瓢蟲，瓷磚，從未留白的
玻璃，他人即終點雪盡。

被技藝抹淨的往還，從未
被往還抹淨的公共汽車的骷髏。

（2005/9/18捷克布拉格；2012/8/3上海）

借渡者

腰上一堆麥子。
她在晚年變成
主義而非燭臺。

遍體針芒的冬天，
教堂在城裡走動，
互換尖帽：黎明
和一根筋的荊棘。

赤腳走動的夢
是血緣而非刺刀，
紀念品商店的發票
解凍金色冬眠的樹洞。

許多金色：在樹梢，在河裡，
透明的馬匹的臭味劈啪作響，
提線的馬匹互換一根筋走動，
在晚年，光的影子對她小便。

（2005/9/19捷克布拉格；2012/8/28上海）

玻璃工廠

耷拉腦袋的季節
吹彈可破：向日葵
鬱結的黑，向日的
發條鬱結半生的

彆扭：鬆了，亂了，
耷拉腦袋的輸水管
吹彈已破：工人
鬱結半生階級的
啤酒，漏了，餿了，
耷拉腦袋的輸氣管
採捋的二氧化碳
吹彈外國訂購的
可破：一團彆扭的
透明，易碎引誘
口水鬱結旋轉。

（2005/9/20捷克卡羅維發利；2012/9/6上海）

波希米亞溫泉

又腥又鹹又貴，浸透

又老又甜又皺，哥德

腳趾擒住手指：俗世

剩下的少女多毛，

吃狗屎，喝燈油。

（2005/9/20捷克瑪麗亞溫泉市；2012/9/10上海）

遊戲室

為了黴爛，有些人
團成水果，滾下城堡，
烏鴉啄人眼的樹梢
團成野史的戶外廣告。

伏爾塔瓦河，舊骨頭
攬入懷中的一彎疏鬆
（人煙撒向圓塔低處，
聖像撒向人煙更低處），
除了多餘，什麼也沒剩下。

語言赴任皮鞭的信使，城堡
主人赴任陰性，梳妝，鞭策
臥室泥古：巴羅克包藏
洛可哥的藍與新的尖叫：
不許紅塵眼中散的男僕
模擬瓷瓶或屁股的喪生。

（2005/9/21捷克克魯姆洛夫；2012/9/13上海）

勒・柯布西耶雙親住宅

二十世紀，父親
已是長方的機器，
母親是折疊入牆的
床，是塞不進抽屜的
日內瓦湖，花園的尺寸
已是屋頂的家務，山與雲
是齒輪與皮帶，轉動的燦爛
是砂石磨廢又一條小徑的火星。

（2005/11/7瑞士沃維；2012/9/14上海）

倒退才能喝到甜蜜

還是三個願望：霧氣

鎖住順事的快進鍵；吻

或深夜節目的其他蠢行

倒退，比如橙汁，從腸胃

到杯子，你勸我一飲而盡；

陰莖而非巴枯寧，插入

無以言詮的不斷的陌生。

（2005/11/8瑞士洛桑；2012/9/16上海）

望得見勃朗峰的南瓜村

農婦提振的筋肉，
農夫燒焦的葉梗。

愛因斯坦謝絕絕對
之後，剪紙貼不滿
登山者勵志的頭暈，
雪峰之上，嘔吐
只是熱水與暖氣。

山下，婚配的絕對
之後，水泥中行船，
船是農婦提振的筋肉，
水泥是農夫燒不淨的
鳥窩，樹是疏於靜止。

（2005/11/8瑞士伯爾尼；2012/9/23上海）

雪夜信差

紙張高級的人間傲慢，影子匆忙
掃淨自己的年輕：好石頭的孤置。

野地，火車角色的哈姆雷特掃描
紅濕，乘客不是掃視毀滅而是你。

（2005/11/8瑞士巴塞爾；2012/10/3上海）

椅子有限公司

繁衍傢俱的工廠
也繁衍家的恐懼。

烏托邦三條腿，兩短一長的
烏青：隨信寄上若無其事。

年度設計：陰莖陷入即豎起。
沙發：節省悄悄話的快椅子。

（2005/11/9瑞士巴塞爾；2012/10/4上海）

為微行於世者設計一座酒店

半透明的小的白的
不可能的雪山：困窘的
美求諸並不寬裕的政治，
半透明的小的白的
不交集的肉身各行
不正確的其是，浴盆
摟抱電視泡軟的一代，
屁股透支透視的一代。

（2005/11/10 瑞士蘇黎世；2012/11/10 上海）

廊橋下

絲網印刷的電影

飄出肉味，死亡

一針一線，湖水

一針一線縫補天鵝。

地下室：臨街的

天窗搜集的冗長

肉味是有限的腿

與鏡面反射的無數。

沒有魚的晚餐的

一針一線，冗長

是線頭也是拆散，

一針一線縫補如果。

（2005/11/11 瑞士盧塞恩；2012/11/12 上海）

皮拉圖斯山

一些，
一些。

一些古蹟，
一些句子。

一些山脊鋸斷雲海，
一些黑暗鋸斷正午。

一些纜車，一些牛鈴：
悉心收束黑暗的皮囊
悉心登山，等著他的
鐵架是不生銹的十字。

一些硬核，
一些十字末梢的蜷縮。

一些生命，
一些沒有生命的繁星。

（2005/11/12 瑞士盧塞恩；2012/11/14 上海）

保羅・克利

與熊洞周旋的童年，
與飛機周旋的中年，
與月季周旋的晚年：

巧克力是缺陷
也是燃料，保羅・克利
是淚水的木馬，騎上它，
幸好淚水的名字是倖存。

人民公園：天色
紅了又黑了，與倖存
周旋的幸好是同一位
希特勒：假裝謝幕，
假裝人民是一座公園。

（2006/8/15 瑞士伯爾尼；2012/11/21 上海）

連湖

運丟記憶的火車
運來並不存在的
窗外：山，教堂，
撈舉島的樹叢的
氣球，裸泳的人
劃破祖母綠游向
內心壓艙的祖國，
一層鈣化的薄粉，
他瞥見跳傘的人
摔破屋頂的蓄意。

運丟氧氣的火車
運來狄倫馬特的
隧道：無物可見，
少女峰冰裙內階，
疑似向上的向下：
熟人裹緊彼此的
陌生竟未見暖意。

（2006/8/17 瑞士因特拉肯；2012/11/23 上海）

不自然

脫襪，向罪惡，
向甜蜜又催肥，
向濕漉漉致敬！

光腳走入彼此，
為自然入彼此。

為夏日，為每一份
無聊的好天氣速遞
自己與自己的纜車，
直上不合群的山頭。

雪的玩具：凍紅的
蒼白走入群山頭的
彼此，論及修道院，
論及門把手或乳酪。

（2006/8/19 瑞士鐵力士山；2012/11/28 上海）

最堅定的搖擺

雲雨的濃淡，復原
威廉・退爾的蒸汽：
寄往確鑿一艘鐵船。

甲板上，甲蟲
與你我的細肢
共振，現成的
甲殼隨便現狀：
無視神的反對，
放任物的末節。

甲板下，蒸煮
僭妄一口鐵鍋：
暴風雨的機械
燒焦湖的平淡，
你我的語塞或
一座焦慮工廠。

半透明：水汽的柵欄。
隔開迂迴的直徑，隔開
毫不動搖的搖擺，隔開

寄存美與憑弔微的碼頭，
隔開繼續，隔開活塞的
復原與啟蒙，隔開慢的
實現與快的生銹的開蒙。

（2006/8/20 瑞士盧塞恩湖；2012/12/2 上海）

阿爾卑斯腹中

隧道（移動電話）另一頭，
德語的反面，晾衣夾上
別著聖母和囉嗦。她是說：
逆風。話筒磨禿的光的
吹散，梵蒂岡失察的手電筒。

（2006/8/20 瑞士貝林佐納；2012/12/5 上海）

翡翠谷

跟從上帝的山谷
本意跟從日照：每年
三個月。花是寡婦，
鹿是柴火，溪魚攀向
瀑流失足的來處。

跟從上帝的警察局長
本意跟從羅馬諸神：
蹦極，飛車，退而無休。
他的肉欲是一座本地
超市，石片是少女，
是薩拉米，更是悼念
圓塔或後座的老嫗。

雙拱石橋跟從羅馬，
黑死病跟從教堂：剷除
壁畫的醫生，是石灰，
也是天體：溪池隨手
轉動夜空倒垂的乳牙。

（2006/8/20 瑞士提契諾翡翠穀；2012/12/8 上海）

喜劇

夜晚很小，昨天也小。
但丁酒店一夜，床上的
銀河隔著後來。波光
安於暫時，安於晃動的
安妥。樹冠聽從絕對的
召喚，暫時囫圇不動。

（2006/8/21瑞士盧加諾；2012/12/9上海）

廢而不舊的輪輻

肉食工廠
節餘的
修道院：宇宙胯下
卑怯，落日浮而
不沉。

每人有份。地平線
回攏大理石的與時
俱失，數柱頭的女人
回攏大理石過分的硬。

小廣場，楚楚衣冠
立於卑怯的百葉窗
立於無所事事。神聖
立於《煉獄篇》拴緊
騎車男人浮沉的脂肪。

（2006/8/21 義大利帕爾馬；2012/12/11 上海）

人的半途

馬賽克假託無窮。
拉韋納的馬賽克
切碎羅馬又假託
罪與救贖的穹頂。

從教堂到墓地，
互不理睬的遊客
專程理睬十字：兩種
帝國，一橫一豎，
要麼鋪向華爾街，
要麼撲向西伯利亞，
撐死或凍死一切
美的法權與折扣。

馬賽克假託的死者
切碎人間又假託
烏托邦彩色的無窮：
走神的，走形的，
互不理睬的言與性
專程理睬聖靈的
失神：從基督教堂

到但丁墓，黑暗

與光線交替泡軟的

遊客領取偷來的

食物：既然你就是

我，既然我遠非

完成，遠非後來人，

既然死者僅是我

即興的野餐，既然

馬賽克假託祖國

粘牢吃不飽的同類。

（2006/8/22 義大利拉韋納；2012/12/17 上海）

費拉拉

霧活著。未來的
神經質取代未來
作廢的電線，輸送
波河平原的清晨。

未來，說出已
作廢。未來的濃霧
團聚舊世界的市燈，
團聚月亮與深海的
移民：另外的神。

無神論者快照
教堂：平原的錯誤，
升向更好的更糟，
奶白線條的山巒。

迷惑活著，植物
取代神經質輸送
無處不在的眼睛。

（2006/8/22 義大利費拉拉；2012/12/23 上海）

聖雷奧

鎮子中心，山體腹內
一小口深淵，每個人
肚臍連著峭壁，城堡
監禁的怨言提示聖母
必須提防聖像的易碎。

　　　　（2006/8/23 義大利聖雷奧；2012/12/24 上海）

引擎之都

速度只磨尖
已然的尖。火車站
射向但丁廣場的
折斷：有時是人流，
妄圖刺瞎星辰的
無數失敗；有時是
空洞，漏下斜街、
偷來的水桶、黑人
雜貨店、大教堂、
高牆，右轉再右轉
更多只能的也好。

彩色的巨大，端正
一切自甘渺小的
妄圖：已然的折斷
斷定本尊已然是針。

刺瞎星辰的帕瓦羅蒂，
又是馱運立柱的石獅，
又是折斷竟然的妓女。

（2006/8/24 義大利摩德納；2012/12/25 上海）

羅馬已死

平日，習慣領受
信用抓痕的身體
不肯靠近波塞冬：
舊貨市場裡，無人
問津的著色的大海。

（2006/8/24 義大利博洛尼亞；2012/12/27 上海）

里米尼

唯一的現實：肉
擰作一團，打結，
死結，忽又鬆開。

費里尼。
牡蠣和開水
唯一的現實。

（2006/8/25義大利里米尼；2012/12/28上海）

亞得里亞海激浪派

我們終將消失，
私心不死，逼生活更近一尺。

海鷗墜向紙鳥，
快，直至快的反面。

而紙人低迴：折痕，快照，劈腿。
而我們，墜向大海。

一灣，向晚一彎，
一彎換一灣更晚。

（2006/8/25 義大利博洛尼亞；2006/9/23 上海）

聖馬力諾篇　輕的政治

輕
的
政
治

賣假貨的小販
沿途跋涉風景。

人與虛妄，
榛樹、栗樹和松樹，
纜車繩索絆倒的
大地電光四起，
雷聲，郵票，
煙囱裡的雨水
灌滿失足的靴子。

三座城堡，安上輪子。
雲霧不動，共和不動。

青草侵佔的腳踝
纏不清輕的政治。

（2006/8/25聖馬力諾；2012/12/29上海）

第西天

2009

第一天

美麗的事業條紋相間，
兩座海洋，一線孤島，
脂肪是堅壁者唯一的星空。

小雨，小心，小規模群而亂黨，
每一位中轉旅客手提炸彈：
偽裝的蘋果、妄行或故鄉。
披衣覺露滋，射線無透痕，
「咔」地一聲，疑似
「嘭」地一下，人肉
手提明鎖被撬的暗箱，
替真主求全：要有光，
於是就有了光；光頭圓腦作僧看。

（2009/8/30 美國芝加哥）

野兔

一個人拾草，一個人拾取天空。

草或天空貸自銀行，

少壯輕年月，遲暮惜光輝。

一隻野兔，替代無數隻，

咀嚼俯仰有別的陳腐，

賑目不清，硬梗哽若渾淪一物的無雲。

（2009/9/1美國愛荷華）

第三天

小鳥，

紅衣紅髮，

遠人初未識，

渾作朋克看，

葡萄架下，

初秋急迫至清晰，

狗兒清晰至急迫，

翻問石塊，

檢討松鼠，

又一年，

火藥填滿果皮，

解放宇宙競賽

團結扳機

至淤紫。

（2009/9/2 美國愛荷華）

銷
煙

春心飛懸，體力民主。

柏拉圖《理想國》

還魂：彼之度日也，

即瑣屑之欲望，亦必

使之達到目的，有時沉溺於酒，

有時醉心於笛，有時飲水若狂，

有時禁食以消瘦，有時熱心體育

而旋即諸事不問，有時一無所事

而忽然研究哲學。春林花多媚，春鳥

意多哀，春風復多情，吹我自治一生羅裳開。

春夢燎晚霞，庸碌扮

警察，豎直定例，

遍延吐納者輕悄渡橋。

（2009/9/3美國愛荷華）

國
旗

診所代表祖國，

門前，廊下，

木雕的旗幟遲滯不動。

花園代表雙子塔，

牙醫咀嚼豬肉，

靈魂參與臭菊、繡球、

左一蓬右一簇

國際航班似的野草。

玉米地代表政府，

寬衣，短褲，

多情，腫脹，

光被四表，格於

上下，格於出口補貼

掰開雙腿的遙豔。

蛀牙代表新娘，

廢物箱代表婚約，

第三世界代表初夜。

（2009/9/4 美國愛荷華）

第六天

配偶窮獨彼此。

醒時同交歡，醉後各分散。

冰塊訟誅李白：

灰白何在？

（2009/9/5 美國愛荷華）

第七天

安歇。安神。
上床。地出東南隅，
照我廣寒宮。嫦娥登場，
阿姆斯壯退役，科學月滿
則虧。床單：太陰之精的環形山。

分身。分神。
起夜。地球又鬆又圓，
近水樓台，百星不如一地。
外星人剖解蒸汽，綁劫腥甜與
昏瞶。夢遺：彼一只圓球的星期天。

（2009/9/6美國愛荷華）

小坡

口含灰燼的路燈
（夕光的灰燼）
扭扭歪歪，一致
作廢議會的平直。

人行道電量尚存，
慢跑者彈簧尚存，
白日夢遊魂尚存。

細草微風岸，
三個正義者，
微行俯瞰，
一個窮，
一個病，
一個悲，
導彈飛過，
西天刪盡痕跡。

（2009/9/7 美國愛荷華）

果園

喜馬拉雅山來因，

加勒比海去果，

兩台電視相與枝頭，

展映所以：風遞

幽香，禽窺素豔，

她抱甕灌園，

他抱甕灌她，

汁液的燈籠，以天下

為鳥雀，張羅一網來去。

（2009/9/8 美國愛荷華）

第
十
天

夜深銀漢通江河，
鏡像轉譯天演，
相反的夜晚，
絕境循環。

洗耳，洗心，洗水，
洗磚磨鏡，達爾文
洗火孫悟空，
自焚還是自燃，
進化還是輪迴，
這是個問題。

（2009/9/9美國愛荷華）

毫髮

一個幽靈，遠征現實的幽靈，
屙屎送尿，呻吟咳唾，
在天真上空徘徊。

拖拉機偏南，拖油瓶偏西，
孤峰頂上動觸十字街頭，
頭上安頭。斗膽問：大千
入毫髮？幽靈隨波逐流，
往生過期而不自知，頭痛
醫酒，酒痛醫茶，茶痛
醫大麻，大麻痛而醫搖滾，
搖滾痛始醫寒山。方寸
地虛鬼打牆：住岸，住岸。
進口垃圾，長破小乘癮。

（2009/9/10 美國愛荷華）

遠燒

降半旗。遙控器狂歡。
老嫗敷街，討罵
以色列。還我未生我。

旗下跑題心將半，
今晨濃雲，傍晚種電，
節日釣話節目，
罐裝憤慨半價。

皮卡全心全意，
拉回一車無事。

（2009/9/11 美國愛荷華）

養恬

每天，白柵欄畫地
為牢，葡萄疊亂紫，
缺點爛漫一堆甜蜜。

每天，水不下雨亂
下傘，遠水不近岸，
日光複製月光多皺。

每天，松鼠扮空寂，
空寂啃橡果，橡果
對境棒喝不亂字紙。

每天，蔬筍生床笫，
農婦渴求異形亂得
超市，鱗角欺食材。

每天，越洋人網購
荒莽事，雲泥交集
快遞，看亂創世紀。

（2009/9/12 美國愛荷華）

落霞

此生，愛荷華兒女是也，
為削減反光而慢跑，
日固於西，河流
送抱滾滾肥鴨。

此生，烏魯木齊兒女是也，
為削減反光而衝刺，
日固於西，針尖
送抱滾滾流言。

（2009/9/13 美國愛荷華）

第十五天

塞拉里昂接人境：
碧海藍天，叛軍高爽，
基督徒瑟縮至清真。

黑色白居易夜訪：
愁醉非因酒，
世界苦人多。

他即你我，悲吟即
奸掠：非洲無新異，
故事方便，救度淺切。

（2009/9/14 美國愛荷華）

第十六天

銀杏樹下一覽，
好萊塢上身。
青草癡伏，飛碟無情遊，
異形團購骨肉皮。
聊賴百無當代，
相期邈雲漢。

（2009/9/15 美國愛荷華）

連城

民族細分：

一匹瘦馬撞見另一匹；

他馬即地獄；他媽的。

荒誕斯坦病入

正確斯坦，婚觸

取鬼神，怨忿

上人衣，屋舍

睜眼睡覺，鄰里

三更運動會，互擲

長短是非顏色。

月入千窗：體千分；

和風搭在：垃圾場。

一個人挖坑；

一個人埋空；

一個人挖坑中之空；

一個人埋空中之坑；

一個人借坑空挖空坑；

一個人憑空坑埋坑空。

作詩人頭暈目眩：

兩冊經書，鹹與鹹酸，

一冊鞭長不及馬腹，

一冊言謀撲破坦克。

（2009/9/16美國愛荷華）

第十八天

端莊羞恥。漂亮骯髒。

譯作：天地無端贈番茄。

（2009/9/17 美國愛荷華）

遊仙

夜馳人閑，少女之心孤起。

豔照懸想自性，登徒子

熙攘攝像頭，幻事

遠而不盡，猶似

水煮夜總會，電子

紅油，電子神經，不盡

物種年齡國籍肥瘦滾滾來。

聊齋觸電，歡欣淡如此。

電語。電光。電子試婚。

無住。無度。無需避孕。

（2009/9/23 北京）

客棧

空中客車擱淺空中樓閣，
鯨的胡亂又細又軟，
同志鳥獸散，
隨手捏星辰。

時鐘，摻水的星辰，
潮汐絕經，口占一聯：
獨目之人縱橫走，
渾然不覺落深坑。

（2009/9/29 韓國仁川）

第二十一天

秋雨的眸子煩熱一對烏鴉，

烏鴉煽動救火車的羽翼，

救火車黑漆漆照破天地，

和稀泥，抖擻死寂有神。

（2009/10/3 美國愛荷華）

時差

背靠背，兩位自我

爭執一道汪洋──棉被

的喻旨──來自魚塘，水

冬眠，淤滑漏網，家庭自私

而進步且砍光小樹……但回憶

不是請客吃飯，卻是扯緊被角的

婆姨，疏鬆，吞吐，無提留，她的

塑膠內褲勤儉收持不周風，故土

雲枯，他鄉日肥，她的不周風

鼓脹熱氣球，放響屁的漢子

渡海東去，生則異室，死

則同穴，活潑的責任制

一分為二砍光標準。

（2009/10/5 美國愛荷華）

第二十三天

北風野餐落木，
山谷奪胎換骨。
黃約翰參禪，參差
雞蟲一片：哎噢哇。

（2009/10/6 美國愛荷華）

翻

雲

購物途中，長空掀長衫。

鄉野撕去過期的一葉。

車流生波，捲地風來

吹皺聚散。高速公路

複製長江，兩岸跳珠

懸不住，黑社會翻墨

亂遮山。山是特賣場，

折扣廝殺癡嗔，天地

清倉，裸行雖好不留詩。

（2009/10/8 美國愛荷華）

調色

春生夏長，秋冬隨波逐浪。
變態間，藍與綠合作枯黃。

無情老矣，無情的合作社
調愛的把手：枯黃的贅肉。

額頂雪意舊，避入棺槨賭
大小，鐵釘調試雪白烏黑。

眼瞞平生，生的俱寂合作
四季的彩票，收身試一注。

（2009/10/11 美國愛荷華）

衛生

公貓端母貓，
端士端歡喜。
端身戰藉端忽止——
萬端不健康，
端倪各搓泥。

（2009/10/12美國愛荷華）

第二十七天

潦倒一場雨後，
草昧得救，人心積水，
潦草的觀光客
倒向赤道：晝夜平分，
晝夜平分魚群
的潦倒。四海不為家。

思鄉？
假託思想
思香？
假託《論語》
齊唱《國際歌》？

潦倒一群田鼠
倒向廚房，破著耳朵
潦草穿衣吃飯，
草昧噴響，水壺皆兵，
水壺磨刀魚群
潦草：他鄉猶言死刑。

（2009/10/17 美國愛荷華）

夜
行

無邊落木超速，蕭蕭下，中年危機月黑風高。
車燈醉裡挑，楚楚動人衣冠的危機推杯換檔。
安得廣廈千萬間，眾鳥欣有托，露水俱歡顏？
安得攜帶型化工廠採陰補陽，丹爐磕碰心房？

車燈醉裡挑，楚楚動人衣冠的危機推杯換檔。
無邊落木，爭道超速，衣冠的禽獸撚槍逐物。
安得攜帶型化工廠採陰補陽，丹爐磕碰心房？
安得九州七十二變，九霄雲外機關算盡去處？

無邊落木，爭道超速，衣冠的禽獸撚槍逐物。
天地一暗室，車燈傳影，一葉顯影末路光禿。
安得九州七十二變，九霄雲外機關算盡去處？
安得白茫茫一片乾淨，添酒回燈戈多重開宴？

天地一暗室，車影傳燈，天地回收逾期顯影。
油門打諢，分別心推懷送檔，自由火上澆油。
天地回收風光，風光競走中年，中年暗天地。
無邊落木超速，蕭蕭下，中年危機月黑風高。

（2009/10/26 美國愛荷華）

冤家

廢物利用彼此的男女坐吃等死，
放大金箍棒，如意過度的機器，
保健不幸：我活著，但沒時間。

（2009/10/26 美國愛荷華）

竊聽

下山，
自然鬆懈，
寂靜桑拿耳膜，
積雪下降至人煙僵直。

半個下午，手機接通
半個市鎮的「咔嚓」。

（2009/10/27 美國愛荷華）

甲
蟲

東邊太陽西邊雨。

教授發情，止乎斑點時髦的

禮儀，以靜制動漫天紗翼。

農場一角，身藏隱疾的二手人造甲蟲

待價而沽，草坡下，車流或文學

越冬，道是關張卻開張。

（2009/10/31 美國愛荷華）

浣熊

奇數之夜，
偶遇的器官，
洗淨孤枕難眠。

玻璃門外，
兩隻浣熊，
一大一小，
推敲叩問。

樹木擰緊皮膚自抑。
歲月，洗衣機衰朽的
滾筒，洗得雲開見月明。

（2009/11/2 美國愛荷華）

灰雁

暖冬，廢氣上空，行止自成行者
解散人字，聲絕故根，身投
芝加哥，陌路人的泥潭。

你擬灰雁，舉我翅，
擬面無人色
曹孟德。

（2009/11/7 美國芝加哥）

蓄莽

禮拜日午後，一小塊宇宙
疏忽：排雲懸垂錐乳，哺養
無人理睬的不美，砂土路一側，
電線杆上，禿鷹閒置，斜視
無人收割清楚至善的田地。

一小塊蓄養的荒莽，農業
疏忽，禮拜日午後，勤勉的
棋局聊備一格正確但一事無成
的美洲，哥倫布襟前，匿名：
野火燒不盡，春風吹又生。

一小撮野心家，放倒小樹，
扶正虛高：野心勃勃的草木
雖蕭瑟而外焦裡嫩，拋下秋實，
放任過客剝咬且爭辯，放任
木耳兼聽，放任蘑菇磨蹭。

有人在衰朽的橡樹下檢索
榆樹下的欲望，檢索你與我
彼此檢索的一小塊苜蓿的粉紫，

你我星星點點，沾滿禮拜日
午後央求襟的針葉與刺球。

一小片疏忽多事，多刻意
寄任意，鐵絲圍欄界定無意
有限；一小片疏忽央求哥倫布
倒退出禮拜日：農場困荒莽，
農場困村童攜手推倒奶牛。

（2009/11/10 美國愛荷華）

未

牧

人性的，太任性的。
充氣超人依恃人性的戰爭
充氣任性的和平，方尖碑下，
充氣超人的實習生口含陰莖，
依恃任性噴泉歡騰有力破悶。

充氣超人的孤獨是國家畫地
為牢，是謊言與謊言的和平，
上帝與魔鬼的任性，打氣筒
直掛雲帆，打賭無人戰鬥機
顧影自濟的滄海：一些肉彈，
他閉眼看見永恆的二手入口。

（2009/11/13 美國華盛頓）

第三十六天

萬物皆備於他。

我匱乏你，假扮無我的富裕。

第西天拔地挨擠成語而無言，彌散東，

迷信他的盡頭：一線，不應該的天。

貧乏灑米成雨，窘困人的痕跡，

置身神，能量破舊，燒毀借貸的安定。

置身水，幻想地的末日，風聞會社問設計。

父親退休，光頭圓腦，遠赴陽台振翅。

禮樂：知了，知了，全忘了。

（2009/11/17 美國紐約）

跋　要有光，就有了
光頭圓腦作僧看

韓博

　　三十歲至四十歲，世界的圖景忽然開闊──因為勞作攜來
的種種機緣，結識人，陷入事，遭遇時空。勞作的奴隸，努力
區分、辨別紛至遝來的圖景，與此同時，又試圖驅除圖景的邊
界，妄圖使其建立為某種有機整體的圖式。

　　這註定是一場西西弗斯或唐吉訶德的努力。

　　十八歲之前，我生活在一種極為有限的圖景之中。我相
信生活在同一塊陸地上的同代人均心有戚戚。我彼時的真實理
想：日後隱居於人煙罕至的他處，比如敦煌左近。而我的真實
隱居之地，卻是嘗試未久的詩歌，一種不同以往的現代漢語經
驗，既與古代傳統斷裂，又無具體的未來可供長久停靠，它不
再是陸地，而是海船，一種虛構之中的遠航，往返，往返，理
想的狀態自然是周而復始，不理想的狀態則是中途折回，乃或
遭逢海難。

　　我於他處的設想，感染自比我大上十幾歲的詩人和藝術
家，比如宋詞、朱凌波和孟浪。上世紀八十年代，詩人幾乎散
落在中國大陸的所有角落，從大城市到小城鎮，以及無窮無盡
的鄉村。他們盡情享用物質的簡陋與精神的貧困留下的大片空
白，那不是中國水墨式的留白，而是真正的荒涼。他們中的無
畏行者，一心撕開局促的現實圖景，一心「生活在別處」，或

是搭乘他人即地獄的輪子（火車與汽車），或是跨上任意獨處的輪子（改裝的加重自行車），漫步於無需護照的宇宙——亞歐大陸國境線之內的部分。在我印象中，八十年代的「西天」幾乎就是甘肅省西北部的敦煌，二三十歲的詩人和藝術家試圖在那裡重續斷裂的文明之弦，守株待兔，刻舟求劍，那種輕盈而美好的行走，近乎藏身於偽造的麥田怪圈，靜候外星飛碟的降落。

十八歲之後，背井（景）離鄉，從陸地的一點挪至另一點，介入新的圖景：我的大學（主要是玩，盡可沉溺於詩與戲劇的七年），我的工作（假裝對糊口、養家或社會本身懷有關懷）。奴隸般的勞作，並未使生活的尺度和境遇獲取任何此前憧憬的解放，詩歌只好繼續充任最為逼真的隱居之地。如果說現代性的核心觀念即劃清邊界，區分不同事物、知識及對象，使得不同價值領域（政治、經濟、智識、審美、性愛……）各奔東西，我所理解並杜撰的漢語詩歌，便是個人現代性的安身立命處—它是我在公有制世界中的僅有私產，唯有它，有權力僅由自身評判，經由生存處境彙聚而來的世界圖景為其輸送草料，它為生存的勇氣或絕望回饋能量。

寄身於詩的孤獨慢跑，堪稱為了吸食輕便的解脫，而日漸上癮的強迫症。本冊詩集所選篇目皆屬如此。三十歲至四十歲之間，我試圖經由一再的遠行，前往比敦煌更遠的「西天」，獲取地理意義之外的抵達，儘管《等待戈多》早已說得通透：我們，無非排著隊走向屠場，只不過，走著走著，有的人就忘了目的，忍不住唱起歌來。

　　《中東鐵路》緣起於廖偉棠倡議的詩歌、攝影創作項目。幾位詩人朋友，各自擇取一條中國鐵路線，孤身行走，而後有詩，亦有影像。我選定「中東鐵路」，那與我十八歲之前的生存圖景息息相關的一條路線。

　　所謂「中東鐵路」，實為俄國西伯利亞鐵路線（赤塔至符拉迪沃斯托克）中國境內一段，築於一八九六年至一九○三年，以哈爾濱為中心，西至滿洲里，東至綏芬河，南至大連，滿洲里至綏芬河為幹線，哈爾濱至大連為支線。我的出生之地，黑龍江省牡丹江市，正是「中東鐵路」幹線東部一處重要節點。二十世紀五十年代，脫去軍裝的祖父攜家眷落戶於此，祖父的異鄉，在未遠的日後，即是我的故鄉。七十年代至九十年代初，「中東鐵路」線上的汽笛聲成為我最熟悉又永遠猜不透的音樂，總有一些陌生的親戚，專揀數九寒天的清晨跳下火車，摸進距離車站不遠的祖父祖母的家門。他們來自山海關以南的大陸腹地，他們的貧窮與窘困令我吃驚，我無法將他們破棉襖裡的蝨子和祖父每天閱讀的報紙聯繫起來，鐵路捎來的現實是我無法消解的困惑。

　　十八歲之後，求學，還鄉，我頻繁往返於山海關內外。「中東鐵路」哈爾濱以東的幹線，以及哈爾濱以南的昔日支線，成為我觀察這塊大陸的鏡片─望遠且顯微。二十世紀九十年代至二十一世紀第一個十年間，鐵路線兩側的圖景迅疾翻新，車窗內外，摸著石頭過河的現實主義催促著一切。二○一一年，當我為寫詩而踏上此前從未涉足的哈爾濱至滿洲里一線，高速鐵路的工地與「中東鐵路」的舊線比肩而行。哈爾濱

城外，一堆石材頂部，平攤著築路工人抗議雇主拖欠工資的巨大條幅，那是攤給舊線上車窗裡的人看的，儘管一閃而過。二十世紀前半葉，共產主義思想經由「中東鐵路」輸入中國，亞洲大陸東部的工人階級和農民階級建立了自己的國家，更在這條鐵路線附近的大慶駁斥「中國貧油論」，那些鑽探石油的「磕頭機」（當地草根稱謂），時至今日，依然不捨晝夜地叩問大地的存摺何在……俄國人砌築的一座座微型車站，就像一顆顆被拔走而不知去向的牙齒，讓我想起瓦爾特‧本雅明在《單向街》中寫下的一句話，「一個人越是敵視留存下來的東西，也就會越發不可阻擋地將他個人的生活置於他想將之推舉為未來社會法則的規範中」……草原稀疏，騎馬的漢子嗤嗤嗤地跟車轍印下的泥濘較勁……滿洲里，一座卡爾維諾式的城市，我是指《看不見的城市》那般的描述，中國商人將中國工人生產的「俄國貨」兜售給中國遊客。

　　《第西天》作於美國，二〇〇九年秋冬，我參加愛荷華國際寫作計畫期間。那幾乎是離塵出世的三個月，無須為生計勞作，談笑往來皆是詩人、小說家、學者、藝術家。「第西天」自然湧現。試圖翻譯此詩的華裔小說家珍妮張，一再追問，「第西天」究竟何意，英文何以應對。我只好發明合乎邏輯的闡釋：「第」是序列，意謂等級和時間，與「西」的空間秩序既衝突又合謀，相互經營，合而為「天」……組詩中，若干篇目果真挪用時序為題，「第一天」或「第某天」，其餘題目則摘取二字辭彙，兩者相與穿插，相與間離或切分，合奏著向前跳躍。詩行中，多有刻意拼貼、篡改唐宋章句之處，「東

土」不合時宜地嵌入當代與異邦,西方乃至世界的其他角落。「西」是泛指的他處,「東」與「西」彼此端詳,彼此甄別,彼此完善或拆毀,對象化的凝視及妄想千古同一,一如印度,既是玄奘之「西」,又是嬉皮士之「東」。

　　尚未最終完成的《飛去來寺》,則與個人見證世界的漫長平行。我的寫作習慣:靈感依賴旅程,定稿卻是日後的功課,其間相隔數年。懶散自然磨損對象的樣貌,但回贈時間的利息——沒有人能踏進同一條河流——兩個自我在扭曲的時空管道中對話,自說自話,每一首詩包含的絕非確定而是相反,語言比預期走得更遠,苦心積攢的念頭尚在山腳,語言早已翻過埡口。語言並不經受世界與時間的奴役,它是主人,「要有光,於是就有了光」,世界與時間只算是「光頭圓腦作僧看」。

二〇一二年十二月二十一日上海五角場

語言文學類　PG0943　中國當代詩典　第一輯 13

飛去來寺
——韓博詩選

作　　者／韓　博
主　　編／楊小濱
責任編輯／蔡曉雯
圖文排版／陳姿廷
封面設計／陳佩蓉

發 行 人／宋政坤
法律顧問／毛國樑　律師
出版發行／秀威資訊科技股份有限公司
　　　　　114台北市內湖區瑞光路76巷65號1樓
　　　　　電話：+886-2-2796-3638　傳真：+886-2-2796-1377
　　　　　http://www.showwe.com.tw
劃撥帳號／19563868　戶名：秀威資訊科技股份有限公司
　　　　　讀者服務信箱：service@showwe.com.tw
展售門市／國家書店（松江門市）
　　　　　104台北市中山區松江路209號1樓
　　　　　電話：+886-2-2518-0207　傳真：+886-2-2518-0778
網路訂購／秀威網路書店：http://www.bodbooks.com.tw
　　　　　國家網路書店：http://www.govbooks.com.tw

2013年9月　BOD一版
定價：220元
ISBN　978-986-326-175-9
ISBN　978-986-326-178-0（全套：平裝）

國家圖書館出版品預行編目

飛去來寺：韓博詩選 / 韓博著. -- 一版. -- 臺
北市：秀威資訊科技, 2013. 09
　　面；　公分. -- (中國當代詩典. 第一輯；
13)
　BOD版
　ISBN 978-986-326-175-9 (平裝)

851.486　　　　　　　　　102015894

讀者回函卡

感謝您購買本書，為提升服務品質，請填妥以下資料，將讀者回函卡直接寄回或傳真本公司，收到您的寶貴意見後，我們會收藏記錄及檢討，謝謝！如您需要了解本公司最新出版書目、購書優惠或企劃活動，歡迎您上網查詢或下載相關資料：http:// www.showwe.com.tw

您購買的書名：＿＿＿＿＿＿＿＿＿＿＿＿＿＿＿＿＿＿＿＿＿＿＿

出生日期：＿＿＿＿＿年＿＿＿＿＿月＿＿＿＿＿日

學歷：□高中 (含) 以下　　□大專　　□研究所 (含) 以上

職業：□製造業　□金融業　□資訊業　□軍警　□傳播業　□自由業
　　　□服務業　□公務員　□教職　　□學生　□家管　□其它＿＿＿

購書地點：□網路書店　□實體書店　□書展　□郵購　□贈閱　□其他

您從何得知本書的消息？

　□網路書店　□實體書店　□網路搜尋　□電子報　□書訊　□雜誌

　□傳播媒體　□親友推薦　□網站推薦　□部落格　□其他＿＿＿＿＿

您對本書的評價：（請填代號　1.非常滿意　2.滿意　3.尚可　4.再改進）

　封面設計＿＿＿　版面編排＿＿＿　內容＿＿＿　文／譯筆＿＿＿　價格＿＿＿

讀完書後您覺得：

　□很有收穫　□有收穫　□收穫不多　□沒收穫

對我們的建議：＿＿＿＿＿＿＿＿＿＿＿＿＿＿＿＿＿＿＿＿＿＿＿

＿＿＿＿＿＿＿＿＿＿＿＿＿＿＿＿＿＿＿＿＿＿＿＿＿＿＿＿＿＿＿＿

＿＿＿＿＿＿＿＿＿＿＿＿＿＿＿＿＿＿＿＿＿＿＿＿＿＿＿＿＿＿＿＿

＿＿＿＿＿＿＿＿＿＿＿＿＿＿＿＿＿＿＿＿＿＿＿＿＿＿＿＿＿＿＿＿

11466

台北市內湖區瑞光路 76 巷 65 號 1 樓

秀威資訊科技股份有限公司 收

BOD 數位出版事業部

....

（請沿線對折寄回，謝謝！）

姓　　名：＿＿＿＿＿＿＿＿＿　年齡：＿＿＿＿　性別：□女　□男

郵遞區號：□□□□□

地　　址：＿＿＿＿＿＿＿＿＿＿＿＿＿＿＿＿＿＿＿＿＿＿

聯絡電話：(日) ＿＿＿＿＿＿＿＿＿ (夜) ＿＿＿＿＿＿＿＿＿＿

E-mail：＿＿＿＿＿＿＿＿＿＿＿＿＿＿＿＿＿＿＿＿＿＿